ANIMALES
DE LA LUNA

2ª edición
corregida
y aumentada

ANIMALES
DE LA LUNA

2ª edición
corregida
y aumentada

Omar Alberto Reyes Arévalo

ANIMALES DE LA LUNA
D. R. @ Omar Alberto Reyes Arévalo
Número de Registro en INDAUTOR México:
03-2025-052210281400-01
Segunda edición, corregida y aumentada, 28 de junio de 2025
ISBN: 978-1-967040-30-8
Imágenes de portada: «Greek Lyra Isolated» de Tony4urban
y «Greek Marble Sculpture Watercolor Illustration»
de Naris Artyuenyong
ESTUDIO FMEST

Para mi esposa Luvia
Para mis hijos Jiddu, Sophía y Remi
Para los lectores de la primera edición de esta obra

«Non enim ego iam inferi, et tamen etiam ibi es,
nam etsi descendero in infernum, ades».

Agustín de Hipona, *Confesiones* I, 2

INDEX

CANCIÓN

Mirándola encontré en su cuerpo
un lunar del tamaño de un agujero,
sus piernas eran gruesas como hilo dental
y sus manos como las de una diosa lunar.

Te doy todo mi amor, todo es para ti.
Las sombras duermen, la luz va a salir.
El cielo está llorando, el cielo en llanto gris.
La noche ha envejecido, todo y tú son así.

La Muerte pasa de soslayo
perfumada, aroma de sangre.

DANTE

Luz de vela en un cuarto oscuro, apenas se puede vislumbrar. Dante habla:

«En medio de la guerra, con el corazón debajo de los pies, la foto que estaba bien, ahora está rota, miles de partículas de ella rodean la Tierra. Giran alrededor de los planetas pequeñas y grandes selenes. La Luna de color carne con minúsculos cráteres azules es idéntica a la marciana copetona».

Quiere quitarse la máscara. Víctima de negros nervios se acuesta, siendo el punto central en el piso. El techo se abre. Montón de soldados, barbudos, flacos, cadavéricos recuerdos de hambre. Su barbarie apariencia ocasiona temor. Lo miran. Uno de ellos baja, susurra: «Cuida tu alma».

La mirada de Dante se pierde en la oscuridad de la ventana.

«"Cuida tu alma" me decía un demonio sentado en un banco, con la vista en una de sus fotografías. El cuento de las manos debajo de la cama seguía encendido en mi memoria, en mi sueño. La enigmática niñera (ojos de noche, labios acuáticos, senos de roca, manos afiladas por el aire) sólo se dejaba tocar por el demonio fotógrafo y fisgón. Desperté con las palabras del sueño. No había "Padre Nuestro", sino "Cuida tu alma"».

«Cerca de mi casa vivía una vaca, comía alfalfa durante la mañana y la noche. La tarde era templada; la vaca venía de tomar su baño, y al demonio fotógrafo y fisgón se le ocurrió una travesura. Tomó una cadena, la amarró a su cola. Le dio vueltas y vueltas, la soltó. ¡Ahí iba la vaca voladora! La colgó en el cielo: sola y triste».

«Contemplándola y pensando cómo bajarla, mis ojos se cerraron; entré a un sueño. Me encontraba en rara tierra, cubierta de raras plantas, animales de la Luna y un cielo espeluznante, donde la envidia de Urano no moría. Fui al río, bebí agua. Estaba una mujer perfecta ("¿Cómo sabes que era perfecta?"), en sus labios se percibía la música».

—¿Dónde estabas? Vino la Mujer Serpiente, preguntó por ti.

—¿Por mí?

—Sí.

—¿Dónde estoy?

—Aquí.

—No... Estoy perdido en un sueño, tú eres una mujer impresa en un libro. Soy Dante.

—¿Dante? ¿Quién es el otro?

—Tal vez sea ese pájaro que va ahí—, señalé a un ave de plumaje naranja.

«Llegó la Mujer Serpiente: dama lumbrera, principio de guerras. Se acercó y me dio un beso: no miento, supo bien. Me senté en una rosa, poniendo atención a sus palabras».

—Hace tiempo, éste era un lugar inhóspito, habitado por la melancolía. Todo fue un accidente. Los alados y yo estábamos ahí. Pero no hablemos de lo triste. Hablen ustedes.

«La mujer miró el cielo»:

—¡¿Qué hace esa vaca ahí?!...

—Espera a que Dante despierte...

«Sus palabras salieron, mientras ella, mujer serpiente, devoraba a un águila».

«Desperté, porque me fusilaban; recibí las balas, hechas para mí. "No más Revolución Mexicana", pensé. Las mentiras me habían alcanzado, ya no miraba el cielo».

«Estaba en mi hogar, porque no había ido a cazar. Recortaba mi barba ("Cosa que rara vez haces"). Sonó el teléfono: escuché murmullos, ruido blanco, conjuros de chiva espantada, una cascada electrónica de lágrimas. Envejecí, porque ya no había cuentos ni paisajes para contar y mirar: era nieve que me derretía en la dimensión maldita del tiempo, sin la esperanza de salir de este cuerpo que no moría».

EN LA IDEA DE UNA HOGUERA

Los monjes han salido de su retiro para ver —algunos con tristeza, otros con malicia— la ejecución de dos mujeres acusadas de brujería. Las vi cuando estaba en el calabozo. Serenas de cabello rojo. Vea a esos que vienen: se nombran portadores de la luz salvadora; son los mismos hijos del Anticristo. Antes de que las manden a la hoguera, beberán y comerán hasta el hartazgo.

El pueblo se prepara para la danza y la bebida. Se disfrazan de demonios, se ponen máscaras de ancianos sufrientes, de señores con grandes bigotes, de mujeres sangrantes de la cara, se juntan en el centro de esta plaza. Los observo sin emitir palabras, en este lugar me ha tocado hacer la guardia.

Los músicos hacen surgir la música, crece desde la tierra hacia el cielo, como las plantas del bosque. «¡Quemen a las brujas!». La gente forma un círculo enorme; en el centro está un sujeto disfrazado de diablo peludo, negro, con cuernos amarillentos y un cayado. El disfrazado hace ademanes de niño que llora. Un grupo pequeño se detiene, al unísono pregunta.

—¿Qué pasa, Diablo?

—Lloro porque nadie me quiere. ¡Estoy solo! ¡Escupen a mi cola, escupen a mis cuernos!

—¿Qué piensas hacer, Diablo?

—Quitarme la vida. No tengo cabida en este mundo cruel, ¡adiós!

El círculo se rompe.

Es la noche, van a quemar a las brujas. Las inocentes están encadenadas. Verdura podrida golpea su cuerpo. La idea de la hoguera está preparada, ansiosa de abrasarlas, tiritantes de miedo. Un clérigo lee en latín la sentencia frente a los inquisidores; el pueblo no entiende, hace burla. En el río nace un cantar de sapos; suena alto: hay silencio. Desde donde estamos se ve el río abajo. Estos sapos brillan como la plata bañada en agua de plata aún más pura; su andar produce sonidos de piedras. Alguien grita: «¡Guardia, Dante! ¿Qué espera?». Pienso: «¿Por qué habría de empezar yo?». Otro guardia ataca furioso. Se detiene a la mitad del camino. Suenan unas risillas.

Los sapos desaparecen, como desaparecen muchos entre la niebla de las montañas. Queda un rocío. Un viento desata a las brujas.

Tengo un presentimiento: me voy. Me refugio en una de las casas cercanas. Entro con mis dientes temblorosos y mi debilidad de soldado, con armas afiladas, pero sin uso. Afuera se oye la lluvia. Algo observa mi confusión. Espero a que las fuerzas de mis piernas me abandonen. «Un día podrás contar esto». Sé que nunca contaré esto, porque no hay un final que haga de esto un cuento que pueda contar.

EL AMOR QUE MUEVE AL SOL
Y A LAS DEMÁS ESTRELLAS[1]

I

La aurora presencia la contemplación en los ojos de Dante cuando su barca color madera quemada siente a los peces dorados verla. ¿Qué mira con tanta atención en el mar? Mira para recordar. El sueño de anoche lo turbó. Soñó que había ido al Infierno. Se encontró con los amantes condenados por haberse besado en la Tierra. ¿Es posible que los besos lleven al Infierno?

II

Antes de dormir, Dante abre la ventana como es su costumbre; dice que para que entren aires nuevos y los aires del muerto se purifiquen. Mira las estrellas. Regresa a su lecho. Suspira. Medita con cuidado lo hecho durante el día. Cuando el sueño lo duerme, el espíritu de Ella Bella lo contempla desde la ventana abierta.

III

El gallo canta para avisar que el Sol llega. Casa penumbrosa, eco de insectos, cuerpos resucitados: es

---

[1] Dante Alighieri, *Paraíso*, XXXIII.

el saludo de la vida. Dante mira su lugar donde el amor le dicta todo lo que escribe; callado toma la pluma con la cual quisiera escribir letras ordinarias, comunes y corrientes, no literatura. Intenta trazar un nombre. Queda absorto, perdido en el recuerdo feliz. ¿Cuándo obtuvo esa pluma? Iban a la escuela: ella la tiró; él la recogió, le quitó el lodo; pero la pluma no escribía.

IV

En el mercado, alrededor del mediodía, tiene la fortuna de admirar y dejarse tomar por la música de un grupo de damas negras, africanas, ondulantes. La música lo abraza, lo hace respirar el viento de África, aquella tierra de su sueño. Locura en el sonido que extrae al antiguo ser. La muerte sabor a sal silba con un hueso de mamut las melodías del deseo. Las percusiones invocan a los espíritus. La música es la que forma a las montañas.

V

Es en la noche cuando se puede conversar con uno mismo. Se revelan secretos a través de los sueños. El Sol duerme y la Luna se ve reflejada en la mirada de los lobos. Es la noche sepultura y origen de vida. Las palabras, desde los sueños, suenan como lluvia lenta caída para acompañar al silencio. En la noche la risa de los amantes se confunde con el canto de los grillos. ¿Serán grillos? Las calles descansan del paso de los muertos. En cada esquina hay una estrella sin voz, pura luz: simple física.

VI

Dante sueña. Despierta y escribe: «La lejanía fue puesta por Dios cuando me acerqué a ti. ¿Por qué Dios había intervenido en este apagamiento y enfurecimiento de la luz? Son cosas de sabios conocer esos designios. ¿Dónde están los sabios? Escriben libros de filosofía llenos de envidia».

VII

Dante inventó un encuentro. Caminaba por el desierto, cuerpo de gigantesco jaguar. Oyó pasos, volteó, nada. «Es un animal». Volvió a oír los pasos: «¡Ya sé quién eres! Tengo un odre en donde he guardado tus secretos. En cada reloj vislumbro el Infierno». Un adiós se dejó oír. Las huellas en la arena fueron de pies fantasmas. Luego, oscuridad.

VIII

El amor habla, todos caen. Deliran por su causa, las estrellas caen. El amor llora, la Tierra se estremece. Los animales huyen porque viene. Entra al agua, de los lagos nacen perfumes de la mañana y el atardecer. Las hojas tiemblan porque el viento aliento del amor las acaricia y les confiesa su inmortalidad.

IX

En otra vida, Ella Bella congregó a todos; preguntó con labios serenos: «¿Quién de ustedes es capaz de mirar al Sol fijamente?». Algunos lo intentaron. Murieron de nuevo. El Sol se jactó de sus rayos, dioses de luz, con escudos y espadas del cristal eterno. Del silencio de los caídos escaparon los besos aprisionados. Ella suspiró. Con su soplo desapareció los besos. En esta vida, Dante callaba, porque observaba de frente al Sol con sus lentes oscuros recién adquiridos.

X

Dante va al cementerio a limpiar la lápida de Ella Bella. Lee palabras que nunca había leído. «Contigo estoy siempre: cuando comes, no comes solo; cuando duermes, no duermo». Dante siente una mano que lo peina con ternura hasta quedar como punk; sabe que es obra del amor que mueve al Sol y a las demás estrellas.

RÓMULO

Adentro de esta caverna miro el ritmo de mi sombra. Añoro los fragmentos del pasado. Ansío palpar con estas manos llenas de sangre la restauración de su permanencia. Quiero continuar hasta el límite, saber qué hay más allá. Debo aprender a desprenderme de la nostalgia: a olvidar. No dejar rastro, no caer en las trampas de los demonios. Estoy feliz aquí, sin preocuparme por el alimento: Rómulo lo trae.

Rómulo es un hombre lobo de dos metros, con ojos púrpura quietos; deseoso de conocer todo lo que habita en los cuerpos; usa como talismán un crucifijo de hierro; su vestimenta es el pelaje de los lobos de la noche; no habla mi lengua (apenas la está aprendiendo), pero se comunica conmigo en latín.

Aquella mañana helada desperté con malestar. Iba por leña; me acompañaban solamente la intención y el hacha. Alguien me gritaba desde el bosque. Escuchaba claro ese llamado deletreante de mi nombre: voz preparaticia para dejar la vida que había vivido. Partí. El llamado se hacía más cercano. Vi una mancha en la espesura verde. El llamado estaba frente a mí: vi las palabras que escuchaba. Era Rómulo encadenado a un árbol. Se presentó en la lengua de los hombres lobo, no entendí. Apareció Tram Fyz Tuum, hombre lobo anciano e inmortal, amable, dotado de inteligencia absoluta. Dicen los suyos que es lo más parecido a un dios. Hizo claro el mensaje: Rómulo me pedía que lo liberara.

—No lo hagas —advirtió el viejo lobo—.

—¿Por qué no?

—Porque quiere correr durante la noche por el mundo de los humanos: desea comerse a una mujer de carne y hueso. Yo lo encadené.

Con el hacha corté la cadena que lo detenía en la vida salvaje:

—Te libero, quiero ver cumplido tu deseo.

El sabio se fue, me maldijo.

—¡Por siempre vivirás atrapado entre las letras; no podrás escapar a menos que un búho toque la trompeta!

Lo vestí, lo disfracé; además le enseñé a fumar pipa.

Una noche fuimos al prostíbulo del pueblo. Vi a Rómulo: superaba a cualquier humano en celo. Su baba caía a chorros. Olfateaba como perro hambriento, quería llevarse a todas. «Sólo una». Pagué. La muchacha sonreía. Cerca de la entrada del bosque, ella preguntó: «¿Qué vamos hacer? ¿Aquí quieren estar?». Rómulo atacó. No lo podía creer. Extendió una pierna que había cortado con su enorme hocico. Todavía se veía el encaje; el aroma del perfume se había combinado con el de la sangre. «Come, Dante, sabe bien». Arranqué un pedazo con mis dientes pequeños. Un poco. No pude más. Corrí a nuestra morada. Atrás quedaba Rómulo, sin control de sus deseos. Intenté dormir, recordaba las palabras de ella: «¿Por qué a los hombres les llaman animales de la Luna? Porque nunca están en la Tierra...». Después supe que los verdaderos animales de la Luna eran otros que cohabitan con la locura. Por eso los encadenan, el bosque no los quiere dejar ir. El bosque sabe que quieren comerse a la Luna; lo más parecido a la Luna en la Tierra es la mujer.

LÍRICO DEL MAR

Cuando pasaron por la Isla de las Sirenas, fuiste el único que no puso cera en los oídos; escuchaste emocionado los cantos destructores; no lograron matarte porque tus ojos hicieron un pacto. Las Sirenas enamoradas cayeron ante tu fragancia visual; reconocieron en ti la esencia del mar, porque tú eres quien hace ser al mar.

Tienes en las manos las joyas del dragón. Las mujeres de agua te aman, tú eres el fuego. Para ti, la Tierra es sólo un recuerdo. Cada mañana nace una bruja, tú la nombras. Aquel día que te vi desde mi avión, había nacido una, la mejor, el nombre escogido por ti fue Ella Bella. Esa luminaria evocaba impulsos que pensabas habían muerto desde tu retirada del mundo. Comprendiste el cosmos. Siempre te fascinó esa palabra, tal vez por tu acercamiento al orden. Nunca hambriento de infinito, sino de razón y lógica.

Odiaste a los chupadores de la leche de la estatua quebrada de Hera. Los animales te respetan, hablas su mismo lenguaje. En el camino encontré a la hiena; me contó la extraña revolución hecha en África, habías gritado: «¡La Tierra es para todos!».

Me invitaste a estar en tu casa de agua. Hicimos una fogata con las páginas de Homero. Espectáculo poderoso. En las paredes acuosas había esqueletos de tiburones fantasmas y delfines brillantes. También aprecié, distantes pero presentes, notas musicales. Me dijiste: «Eso que oyes es la música de mis huesos; inspira a la sangre, al latido del corazón, al movimiento de los pulmones, a la locomoción de las piernas, al despertar de mis sentidos, al de mi inteligencia: al ánimo de andar en triciclo».

Te pregunté si creías en Dios: «Diosa es ella, Ella Bella». Viajaste por el tiempo gracias al invento. Entraste a la máquina, desapareciste. «¡Hubieras visto! Esferas con rostros giraban alrededor de una mano inmensa de marfil que sacaba e introducía costillas como si de una fábrica de humanos se tratara; las colocaba en una piedra de obsidiana gritando: "¡Thúrschtun, thúrsch. Detrízen méjtd. Ánimaj tó!". Dejé de creer en el Dios que muestra su mano de marfil y desaparece. Estaba enfermo; al hablar, mis palabras eran débiles. Por temor y superstición, me llevaron al desierto. Llegó Ella Bella acompañada de un ángel. Me levanté entusiasmado. Ella me abrazó. Mi piel se había acostumbrado a ser alimento de los durmientes. En la noche, otro ángel me visitó. Venía de muy lejos, buscaba al otro. Estoy seguro. En mis ojos brotó la curiosidad de quien quiere saber más de lo que se sabe. "¿Acaso lo has visto?", pareció preguntarme sin mover los labios. "¿Acaso lo he visto?". Una víbora cascabel se arrastraba en la superficie. La tomó, la transformó en una vara, con la cual trazó signos en la arena. Con mi pie los borré, le pedí que se marchara, porque la noche era corta, necesitaba el tiempo para meditar sobre los ungüentos mágicos y los milagros».

Admiras a Ícaro, Prometeo y Gorgona Medusa. En tus huellas digitales reposa un poco de sangre de Medusa. Llegaste a su casa, estaba tirada. Amanecía con nubarrones. Nunca olvidas. Lloraste más que la lluvia porque tu amiga estaba muerta y decapitada. Intentas palidecer cuando estás sonrosado. A veces eres un oscuro reptil buscador de tesoros. Brujo de esperanzas crees en el poder de las cosas: siempre ves que se mueven: las sillas, la ropa, la comida, los cepillos, la televisión prendida y sola, la música infinita.

SILENCIOSA

Despertó Nefertiti y descubrió que necesitaba lentes; no podía ver el color del mundo oscuro que la circundaba, nada era especial para ella, la Soberana. Los que habitan el Museo de Berlín todavía dormían su sueño de piedra. Ella regresó gracias a los hechizos de las brujas egipcias, tiempo atrás; en el Jardín de la Muerte invocaron el nombre de la Diosa, pidieron inmortalidad para su reina y ésta accedió; fue clara en cuanto al inevitable devenir, aceptaron; pero no se imaginaron los cambios de la vida. El escultor real, medio mago, medio demonio, capturó la esencia de la reina en un busto creado a imagen de ella, razón de loco amor. Murió y la escultura quedó en el taller cubierta con un velo negro; ahora que despertaba, sabía que no estaba en el palacio, ni en el taller, ¿dónde se encontraba? Oyó ruidos sigilosos, misteriosos y entrevió dos sombras gordas que quitaban el cristal que la protegía.

—¿Estás seguro que el jefe quería que robáramos esta pieza?

—¡Cállate! ¡Haz el trabajo que nos encomendó!

Se fueron. Llegaron con el jefe. Nefertiti ahora apreciaba una tercera delgada sombra. Hablaba grave, solemne. Se presentó como comerciante de música sagrada y cachivaches religiosos. Ella no podía sintonizar bien la imagen del cuerpo hablante. Él había adquirido fortuna y fama, poseedor de la más avanzada tecnología. En el sótano guardaba La Reliquia Tecnológica, computadora creada por egiptólogos obsesionados por descifrar el sueño de la Esfinge. Entre las maravillas que ejecutaba, transformaba la voz de un antiguo a voz contemporánea, y viceversa. Tomó a Nefertiti, la condujo al sótano. Mientras caminaba miraba su cara, aterrada; escuchaba las palabras ininteligibles, aromatizadas por el antiquísimo sabor de lo agrio. Llegaron a la puerta. Para abrirla, él se frotó la cabeza y pronunció un om. Entraron, ahí estaba La Reliquia Tecnológica. La encendió. El micrófono a la altura de su boca. Un botón, un clic, otro clic y enter.

—¿Por qué me tienes aquí? ¿Qué sucede conmigo? ¡Soy Nefertiti la Bella, podría hacer ahora mismo que te desuellen, te cuelguen, que las fieras te devoren!

—Házlo.

Frente a frente, vio su boca: faltaban dientes.

—No hablaré. Tú quieres mi palabra sagrada, no la tendrás. Tampoco lloraré.

—¡Habla!

Sí lloró. Tanto que de nuevo quedó petrificada. Él la llevó a su cama, la cobijó. Pasaron los días. Por fin la puso en venta en su mercado. Ahí rondaba el coleccionista Dante: contempló a Nefertiti, le pareció que había abierto un ojo. Se enamoró de la escultura. Pagó la cantidad pactada. Fue a casa con su compra favorita. Seleccionó el lugar, la dejó ahí.

—Te verías mejor con lentes, Nefertiti.

Fue por ellos, amistosamente se los puso. Ella abrió un ojo, luego el otro. Las imágenes que percibía eran claras, matizadas y reales. Apreció mucho ver la sonrisa de Dante.

POLTER

I

¿La fantasía se rompe? ¿Su rostro dónde está? El reloj seguía marcando la hora que me lastimaba. La casa estaba sola, llena de incertidumbre. De la nada, apareció, pero no como antes: ahora en forma de sombra y voz. No estoy solo, siempre había pensado que sí. Me dejaba pistas para encontrarla. Afuera de la casa todo seguía igual, por ejemplo, las palomas viajaban en avión. El reloj se cayó y su ruido me asustó. En los pedazos caídos vi un recuerdo de ella: con el cabello suelto, contando los días del confinamiento. Creí que había olvidado, pero su voz apareció en mi nuca: «Despierta». Ya no pude dormir.

II

Otra vez oí su sonido; pensé que era una motocicleta. Sentía hierro en el corazón. Me observaba en el espejo del baño, hipnotizado con mis propios ojos. Otro reflejo me llamó. De estar en el baño, estaba ya en la sala; en la cocina oscura unos cerillos prendieron la estufa, se oía que preparaba la cafetera torpemente. La lámpara de la sala se prendía y apagaba. Me paré perplejo, abrí la puerta de la casa, recordé que no podíamos salir por la cuarentena.

III

—¿Tú eres el que vive aquí?

—Sí. ¿Qué quieres?

—Jugar.

—No quiero jugar.

—Mi mamá pensaba que todos eran buenas personas porque no conocía la maldad, oculta en una sonrisa bonita, discreta, cuyos ojos la delatan. Los ojos siempre delatan a las personas, ¿verdad?

Salí de ahí a la otra habitación, no quería escuchar ninguna historia, ninguna reflexión.

IV

La noche ya está presente. No me gusta que esté presente porque las brujas salen, cuando no salen se quedan en sus casas, lo cual es peor. Cuando salen, disfrutan de la libertad nocturna, eso me seduce: pensar en la posibilidad de ser un miembro de la noche. Me asusto fácilmente, con cualquier ruido, con cualquier poltergeist captado en video y viralizado en internet, «Te asustas con cualquier polter», me decía Ella Bella.

Yo pensaba que tenía derecho a temblar cuando los fantasmas hablaban, titubeo porque no soy un héroe de ultratumba. Los niños aparecen y me hacen preguntas, quiero esquivarlos, hasta hoy no he podido verlos a los ojos, delatan su verdadera intención; si hablo con ellos, me hago el fuerte.

V

Algo me tomó, me sentó. Respiraba a profundidad esperando el momento de alcanzar la puerta, recordaba que no podía salir. Fui sentado en una silla de la cocina, bruscamente, una vez más la cafetera fue preparada, las preguntas fueron hechas, no entendí ni un sonido.

¿Serían palabras? ¿Sin aire, sin saliva? De lo que estoy seguro es el tono de interrogación usado. Hoy que recuerdo aquella tarde, aquellos sonidos me evocan al fuego, hasta el olor de algo que se quema es muy presente, como perfume de una elegancia desconocida. También sé que mi casa estaba en medio de un bosque, cada día era burlado porque sonaba mucho la puerta. ¿Quién hubiera querido entrar, cuando en la inmensidad del bosque se encuentra el infinito?

Llegué aquí y me habían advertido: «Tenga cuidado a dónde va, porque los árboles gritan palabras extrañas, les gusta asomarse por las ventanas. Si tiene hijos, cuídelos, porque desaparecen al ir a los áticos o si se quedan mirando mucho las estrellas». ¿Por qué no escuché? No quería escuchar, era civilizado y cortés con la razón. Mi razón dudó el día en que las tijeras se me lanzaron, la noche en que sentí que ella esperaba su turno para entrar al baño: terminé, abrí la puerta, la soledad era extraña: sabía que ahí estaba, no estaba, mejor dicho, lo intuía. Espacio abierto a más intuición, a más silencio.

VI

Los llantos me despertaron. Creí tener una oportunidad de descanso. Me hicieron una canción, me la regalaron; sus sueños me los brindaron en forma de pesadilla. Me prepararon el desayuno con huevos podridos y café soluble con poquita agua fría de la llave con olor a drenaje. No busco la belleza, pero ya no quiero esta horrible experiencia cotidiana. Quiero caminar por un centro comercial lleno de aire artificial y sonrisas consumistas, no importa, todo es mejor que estar aquí. Nada pasa adentro, sólo sustos, cada vez más espontáneos, paralizadores. Quiero ser diplomático y valiente, proponerles un trato: saludos, empecemos otra vez. Necesito ordenar la casa. Sería un buen principio. El intento siempre es bueno. Si voy a trapear, tiran el agua o la orinan; si tiendo la cama, pronto las cobijas y las almohadas toman la forma de la que amé, me invita a dormir, a despertarme con música de las ballenas.

También he querido ver flores, quise sembrar, recordé que no podía salir. Las sembré en mi imaginación. Fueron capaces de entrar hasta mi pensamiento y echarlas a perder, con sílabas malignas rompían sus hojitas brillantes, la jaqueca se hacía más fuerte. Se daban cuenta de que había percibido un aroma agradable a través de la ventana y se empeñaban en fumigarlo, lograban cerrar las ventanas con modales atroces.

Mi corazón ya no puede, se hartó de esperar. He conocido que el miedo no tiene límite y nada es suficiente para terminar algo.

VII

¿Si me voy? ¿Cómo y adónde? Sonó la puerta, como había sonado en otras ocasiones. Ahora pude gritar: «¡No hay nadie!». Los muebles de la casa se movieron provocando que viera monitos de plastilina con pequeños cuchillos dirigiéndose hacia mí. La televisión representaba amores rupestres, como sonido ambiental de una habitación en llamas; dispuesto el sauna para dos en una tarde fresca.

Una sombra errabunda me preguntó si pensaba irme, lo negué. Me dijo que ellos eran dueños de los rayos láser, les gustaba usarlo en el paroxismo de los oprimidos: «Ningún exorcista nos puede desalojar, ni siquiera Iésus Máximus. Pagamos la renta suficiente. Nuestros impuestos están al corriente. Nos agrada mucho la permanencia vitalicia en los corazones destrozados por el terror».

VIII

Estoy sentado frente a la computadora con las pestañas llenas de luz. Con tanta luz no veo la oscuridad. He estado buscando información acerca de la posibilidad de asustar a estos huéspedes.

¿Lo lograré con una máscara? ¿Con un canto salvaje? ¿Con una sábana? ¿Simulando ser un diabólico intelectual? De tanto pensar me mareo y las piernas no responden a la orden de andar: están lastimadas porque en la mañana desperté con unas medias muy apretadas que me pusieron; también dejaron un mensaje en el espejo: «Muerte y fin. Espejo sin fin».

LA PRESA

Tempus frigidum. Dante camina por entre piedras mojadas. Sus compañeros lo han abandonado. Quiere creer que tal vez se han perdido en la lluvia. Hace horas, antes de que el sol se ocultara, buscaban animales para el sacrificio. Admirados, contemplaban el Sol, su luz, gozaban el calor. ¿Cómo alcanzar el fuego? Dante contestó que algún día lo tendrían entre sus manos. La horda encolerizó. Pronto vieron nubes negras. No hicieron el sacrificio porque la lluvia caería. Una gota en el ojo de Dante, otras más en las cabezas. El cielo soltó su agua gris en tierra oscura. Pasos retumbantes de bisontes estremecían el camino y había cuerpos que volaban y caían. Corrieron sin rumbo y desaparecieron. Dante quedó solo, entre los ruidos. Cuando la lluvia terminó, la noche era la reina fría. Pensó que nunca había presenciado una lluvia como la de hoy. La Luna era muy blanca. En su imaginación pintaba animales quemados. El olor de la carne despertaba el apetito.

El Sol quitó la escarcha del pelaje de Dante. Buscaba dónde construir su hogar, eso de aroma a frijoles y sopa. Fue al lago: bebida y baño a la vez. Allá, por la región de los hombres lobo, había montañas tan enormes que las cumbres se perdían entre las nubes. Estaba muy en lo profundo del agua, oyó un fuerte tronido. Salió espantado. Volvió a caminar por entre las piedras. Los días borraron las nociones de su cabeza. Llegó a la cima. Vio a un ser malherido, infectado; sus uñas habían sido extraídas; su vientre mostraba la crueldad de alguien más. Sangre acartonada se mezclaba con sangre fresca. Flechado.

Dante oyó las garras y el pico de la arpía, comandada por un hombre lobo, despedazando las entrañas de aquél. Dolor nuevo incorporado al dolor en una sucesión de dolores interminables. Otro ser, a escondidas, detrás de una roca, admiraba el castigo ejemplar proveniente de su poder. Dante pisó una rama. El hombre lobo y la arpía oyeron, iniciaron la cacería: «¡Tras él!», gritó la arpía. Dante se sintió venado, de carne que aún no era creíble morir. Fue alcanzado. «¡No me maten!». «No es tu destino morir en nuestros dientes. No debiste venir. Nadie te llamaba. A Nadie Polifemo se lo comió. Sigue el rumbo de estas páginas. Eres la presa que no morirá».

ÉPICA FILOSÓFICA
DE UN PÁJARO DESCOMPUESTO

¿Has visto a los pájaros cuando están tristes y caen muertos al suelo? ¿Los has escuchado? ¿Has entendido su canto? Un día entre los días, me identifiqué con uno muerto, parecía una piedra de oro en el camino. Lo vi, imaginé que estaba en su cuerpo, sentí su dolor; comprendí la esencia de sus ruidos, sus sonidos entre los árboles, sus danzas aladas en los cielos azules, blancos, negros, rojos y amarillos. Entendí todo, al saber escuchar su música sagrada, al saber mirar las cosas pequeñas y grandes. Hay que hacer, rehacer, rediseñar, reeditar: volver a ser dioses.

Fui al bosque, descubrí que tenía un alma. Me encontraba bañada, entre los aromas de las flores, entre la usurpación visual de los tímidos demonios escondidos en los cuerpos animales. Desnuda, el Sol admiraba mi sangre, parecida a abejas en movimiento. Sentí una mirada. Un escalofrío me provocó un calambre; pensé que tal vez eran las ninfas que me veían; tal vez era Eco, observadora apasionada que repetía mi nombre en silencio, encio, encio... Mi alma me miraba, bailarina entre la niebla, brotaba de la tierra. Descifré lo que dijo a través de su transparencia: «Existo».

Aprendí la manera de presentarme en otras formas, conocí los lenguajes ocultos; practiqué el lenguaje del tigre, de la larva, de la lluvia ligera; entendí, con los venados, lo que cantaban Cannabis y Ayahuasca; dominé la música de los sapos, en la medianoche, en un pueblo oscuro y cansado de tantos años de muertos sin descanso, de muertos que ya no asustaban.

Deletreaste la partitura con tus labios de bruja mientras escribías en el aire, en latín, mi nombre alienígena proveniente de tu tercer ojo. Me diste alas, plumas, un pico, con el cual pudiera horadar tu corazón hasta hacer brotar, como un cuajo de petróleo, mi vuelo al infinito.

EN EL CAMPO AZUL

I

¿Encontraré el camino? Desperté sabiendo que sería muy difícil abrazar a Ella Bella. La oscuridad
sin fin vuelta hacia mí lee mensajes de un abismo
políglota. Quiero mentir, pero no puedo: para decir que odio la causa del amanecer. Quiero reír,
pero no puedo: porque mi sonrisa fue desdibujada
desde la profunda calavera. En el monasterio me
enseñaron la revolución que guardaban en un
ataúd; antes de abrirlo, un hálito negruzco custodiaba el candado. La llave del abad fragmentó la
nubecilla. El fulgor dormido hizo que cayéramos,
preguntó: «¿Quién se atreve a despertarme?». El
abad contestó:

—Este pobre hombre llegó al monasterio durante la noche. Apenas puede caminar...

—Dale lo que pide.

—Nosotros no tenemos el don de traer de vuelta a la vida a nadie...

—¿...?

En la mañana neblinosa el abad llevó a mi claus-
tro una taza de café. Me detuvo la sorpresa de ver
reflejado un rostro con mi misma barba y con mi
misma tristeza, con las formas físicas distintas y
distantes de las mías. Afuera del monasterio el

abad me dio un mapa para llegar al Hades. Los monjes sabían mi porvenir.

II

Desde lejos vi la cueva que me metería al Hades. Boca negra congelada con bigotes de árboles café, de aire putrefacto enmascarado de rocío. Hay algo que no he aprendido mientras camino: respetar el camino por el que voy; en vez de eso, lo único que hago es maldecir las hierbas. Me espino, grito, no hay nadie que escuche.

Vi dos bultos aproximarse. Me detuve para saber qué era aquello. Se desenrollaron hasta alcanzar medio metro. Eran dos sátiros, ebrios desde su nacimiento, balbuceaban melopeas que en un tiempo pasado tuvieron brillo y gozaron de adoración. Me dijeron que la luz del Sol los afectaba; querían darme un regalo, pues desde hacía tiempo no pasaban forasteros por el camino de Hades. «¿Por qué?», pregunté, el menos gruñón contestó: «Porque nadie cree en lo que imagina. Si nos vieran, pensarían que somos dos rocas parlantes vivientes en la imaginación. Tú detuviste tus pasos, nos viste. Hermano, cuéntale la historia». El que parecía gruñón me dio la indicación de sentarme, también se sentaron. «Cada 14 de febrero ella siempre le prometía a él un viaje a las islas secretas que tenía debajo de su ombligo. Nunca aceptaba, porque se lo prohibía la iglesia; aparte era admirador de un burócrata vil. Lo que nunca sospechó fue que ese burócrata lo vendería a un circo extranjero. El circo no tenía más de un mes en la ciudad y su objetivo no era entretener, sino encontrar rarezas nuevas que pudieran ofrecer modelos para matar. El público ávido de novedades sería el juez. Televisión, radio, cine e internet ya no eran paliativos. El burócrata ya había cerrado el trato con el dueño del circo. "¿Qué es lo que hace?". "No sabe decir no". "Si le decimos que suba mil metros y camine sobre un hilo, ¿lo hará?". "¡Claro que lo hará! ¡No sabe decir no!". En ese lugar aprendió la semejanza que hay entre los animales y él, que la vida siempre es frágil cuando se está muy arriba».

Vieron mi agrado y aplaudieron.

—Ésta es la sorpresa.

—Pensé que la sorpresa era la historia.

—No. La sorpresa es ésta...

Me mostraron una lira de plata.

—Con esta lira podrás entrar al Hades y tocar rock, jazz, experimental o un huapango. Apolo la construyó.

—No sé sacar sonidos a los instrumentos.

—No te preocupes. También te damos las ganas de tocar. Ahora, ¡tócala!

Mis manos tuvieron la lira y fueron conducidas por un espíritu. Me dijeron que había pertenecido a Homero. La habían encontrado en la que fuera su casa, entre telas persas.

III

No logro comprender por qué moriste. ¿Por qué el veneno es tan efectivo? Nadie ha permanecido tan triste como yo, nadie ha creado nuevas esperanzas. Te veo, corro para tocarte, siempre te desvaneces, dejando aquel perfume que me regresa a la esquizofrenia. En distintos lugares he estado, en ninguno he podido estar. ¿Por qué los acontecimientos me hacen creer en el destino?

¿Por qué no puedo darle vida a tu cuerpo? Quisiera ser un dios. No quiero morir sin encontrarte, quiero saber si aún disfrutas el atardecer. No concibo la casa sin tu presencia. Las brujas me han dicho que voy a morir si no intento probar la vida otra vez.

IV

Entré al Hades, dormí una noche ahí. Perséfone cuidó que nadie se acercara. Sospeché que había una mañana. El can ladraba, sentí miedo, volteé, miré el rostro de Perséfone. «¿Qué pensabas?».

Fui llevado por ella hacia su esposo. Recordé que ya era músico.

—¿Qué deseas?

—Sabes lo que quiero.

Inicié a dejar escapar la música. Caminé por senderos de manos enterradas, de árboles humanos, llorones por mi partida. Supe que me seguía porque hablaba en mi sangre, renovaba mis huesos, mi carne. A nuestra marcha se unieron los muertos encantados. El can estaba como enamorado. En sus ojos la vi. Salí, dejé de tocar, miré el campo azul que se formaba en el mar: con flores en forma de peces. Me quité la lira para dejarla en el estuche, un suspiro en mi espalda me estremeció, moví la cabeza: ella desapareció. El ambiente me había engañado o fue el bikini de Perséfone que me acusó cuando guardé la lira.

PICTOGRAFICANDO A HISPANIA

I. *Mitigamus*

En el Escorial vivía un fantasma; se calmaba en las noches de lluvia, cuando la construcción olía a mojado. Era oído por los reyes. Los monjes buscaban conjuros mágicos para ya no escucharlo. Ninguna palabra de lengua neolatina funcionaba; el latín era bálsamo para apaciguar la pena de esa alma encadenada a los oscuros corredores de aquella fortificación, monstruo de Dios. El agua de lluvia y el latín lo callaban de alegría. Los monjes aprendieron que, cuando cantaban, los ruidos aterradores no sonaban, todos sentían una mirada reverberante, sostenida en una hipnosis musical. El efecto sedante del canto duraba unos días. Luego volvía a espantar, ferozmente. Asustaba a las cocineras, desarreglaba las habitaciones, peleaba con las estatuas de los santos, casi las hacía correr. El fantasma era demandante, contundente: quería agua de lluvia y música en latín. ¿Siempre tendrían que estar cantando? ¿Siempre tendría que estar lloviendo? Uno de los monjes, lector de muchos libros árabes, tuvo la gran idea, salvadora de sus compañeros: fue a la capilla, la observó, de una bolsa de cuero sacó un libro con música escrita; acercó una jarra de cristal, con los dedos tomó unas cuantas gotas y las colocó en una página, la arrancó, le puso fuego. El humo fue sonoro para el fantasma, que contemplaba aquella maravilla. El monje dijo en voz baja: «*O anima! Mitigamus tuum dolorem cum ignis sancta musica!*».

II. «Hola, Griego»

Con su mirada griega, el Greco recorrió Toledo tratando de encontrar el origen de tanta belleza; no podía evitar el imperativo de su sangre ancestral: por su cuerpo fluía, como aquel río que enfrente tenía, la clásica curiosidad. ¿Qué origen tiene? ¿Cómo se traduce la belleza al lenguaje de la pintura? ¿Cómo se pasa a los ojos de veneno de los que miran el arte? Sus ojos matan la obra: la chupa y seca la admiración. Así contemplaba la noche azul: pictograficando en su mente los contornos de una consumación. Su pensamiento sensible fue interrumpido por la figura alargada de una Inmaculada que caminaba como agua dejando chorros de pintura. Venía desde el puente, pasó detrás de él: «Hola, Griego». ¿Sería posible que él fuera parte de una pintura? Filosófico se preguntó mientras su mano no dejaba de gotear pintura fresca.

III. Velázquez

En el estudio oscuro, el pintor quería llegar a ser santo; buscaba el trazo perfecto para dibujar la cruz de Santiago; roja porque le agradaba siempre combinar la vida con ese color. Era pintor. Los pintores no podían ambicionar a ser parte del espectro religioso. Llevaría a cabo una obra, que sería considerada como la teología de la pintura, así entraría en el proceso infinito de beatificación artística; ahí, sin que ningún funcionario dijera qué es bien y qué es mal, pintaría la roja cruz de Santiago, como si fuera su autorretrato.

IV. Los molinos del Viento

El dios Viento convocó a sus perversos guardianes, ordenó que custodiaran la tierra de la espiga, ayudando a los mitólogos a reposar. Disfrazados de molinos, irreconocibles por el ojo humano más suspicaz, vivían tomando el Sol y bebiendo agua de Luna. Después de muchos años de que nadie pasara por ahí, aunque hubo una vez que Nadie pasó por ahí, las pisadas de unos seres diminutos distorsionaron la paz del paisaje. «¿Serán cucarachas?». Estaban más cerca, arrebatadamente miraron la figura de un esqueleto andrajoso, soleado, sediento, pelo encebollado y de chivo la barba. Ése fue el que reconoció su verdadera naturaleza, le decía al otro: «Mira esos gigantes». «Son molinos». «¿...?». Los guardianes agradecieron la presencia de aquél: hacía mucho tiempo que no usaban los puños. Aunque sus articulaciones eran lentas, no más que las de aquel esqueleto: dieron una paliza ejemplar al que se atrevió a atacarlos. Una paliza cariñosa, como cuando los perros juegan con algo o con alguien. En los últimos golpes del combate, todos se vieron fijamente a los ojos; decidieron parar porque era interminable la batalla; esperar la noche para beber agua de Luna, contar cuentos de fantasmas, de artistas pintados por sus propios sueños y de la infinita batalla de los guardianes del Viento mientras la música siga dando alma.

DEJARÉ QUE EL DESTINO LLEGUE

Mi problema comienza en cuanto pronuncio las palabras. En la escuela una mujer me dijo: «Yo sé quién soy». Argumentó mil veces: «Si sabes quién eres, averigua tu destino». No me quiero enfrentar al destino, todavía no: dejaré que el destino llegue. Poco a poco me irá mostrando lo que me reserva a través de cartas escritas por las calaveras o por el tarot interpretado por la estilista. Sé que no quiero ir a la tumba sin enfrentarme al destino. A mi mamá le pregunté alguna vez:

—¿Quién es La Llorona?

—Una tristeza.

—¿Quién soy yo?

—Tú eres mi hijo.

Preguntaba mucho. Mi mamá mejor preparó una sopa.

Pensé que el tiempo me daría la respuesta. El destino llegó, vestido de mujer, en forma de mujer, con aroma y sabor de mujer. Ella caminaba siempre con una hermosa sonrisa. La selección de la ropa hacía que resaltara su naturaleza sensual, que es lo mejor cuando se hace sin saberlo. Sexy por naturaleza, por antonomasia. Los labios habían sido dibujados y hablaban las palabras húmedas más deleitosas y amigables. El cuello era el camino

hacia una cabellera olorosa que invitaba a perder-
se, se alargaba directo a varios lugares: al norte, al
sur. No quiero hablar de todo lo demás porque no
quiero que el destino sepa todos los descubrimientos que hice. Estos descubrimientos me dieron ca-
pacidades de observación, agudicé el sentido de la
vista.

Pude retener su cuerpo en la mirada, recorrerla
completa. Inventé una forma de ponerles ojos a
todos los dedos de mi cuerpo, los ojos a su vez
aprendieron a tocar, a palpar con minúsculas manos que llevaban mucha fuerza e ímpetu todo lo
que no alcanzaba a ver con mis ojos normales.
Ocurrió también que me salió otra nariz, mientras
que con una olía el cuerpo, con la otra iba más allá,
nunca supe adónde; me gustaba llegar ahí porque
olía diferente, me ejercitaba en la plástica del aire.

Esto afectó mis relaciones con los demás, que
me veían como un contaminado. Parecía decir
algo, pero ellos me daban a entender que mis gru-
ñidos eran ininteligibles.

Hice una promesa. Había compuesto muchas
canciones, unas en particular eran muy queridas
por mí porque eran la música que había hecho a
ciertos versos de Homero. Ella me acompañó en el
viaje a Grecia. En el centro de Atenas canté con mi
guitarra acústica esas canciones en griego homéri-
co. Los griegos contemporáneos me miraron muy
serios, otros me tomaron video para subirlo a internet, otros más correctos llamaron a la policía.

El regreso lo hicimos en barco. Y lo hicimos en el barco. Muchas noches con estrellas brillantes me decían su nombre, sus aromas. Fue ahí que mis brazos adquirieron la habilidad de las serpientes constrictor. La cintura miraba hacia abajo el dibujo perfecto: el de las dos líneas.

Su cercanía me había convencido de proponerle una llegada rápida al destino. Había escuchado que por el mar se corta el camino. Había leído que Odiseo, ya muy viejo, llegó a su destino a través del mar. Le propuse a Ella Bella que saltara del barco junto conmigo y aceptó. Nadie escuchó nuestro brinco ni nuestro nado. Movimos los brazos y las piernas hasta que nos cansamos; nos detuvimos en el agua; miramos el cielo de noche, comprendimos todas las palabras de los músicos. Ella recordó que traía una paleta; le gustaban mucho los dulces, estaba hecha de dulce. Aprovechamos el momento para casarnos teniendo como testigos a los delfines. Un beso hizo que cuando volábamos viéramos dos puntos que se confundían entre el agua, eran dos gotas de dulce que habían dejado que el destino llegara.

MALEFICÆ

Ꞃan salido para ver la invocación hecha. Dicen que los vieron antes, merodeando por el río, por algunas casas, por el mercado, por los callejones, por el monasterio; vienen a presenciar lo sobrenatural, incrédulos, como si fuera una fiesta.

Hay calaveritas de azúcar, dejan como rastro un camino de dulce; hay mujeres calavera de mirada pícara. Una calaverita de azúcar grita:

—¡¿Dónde están los muertos, pues?! ¡¿Qué es lo que pasa, muertitos, por qué no aparecen?!

—Tal vez no quieren aparecer, solamente comer, sin que los veamos.

Conversan de lo que ha ocurrido en lo cotidiano de sus vidas, recuerdan a los que ya se fueron. «¿Dónde estarán? ¿En qué parte del cielo viven? Me contaron que hay una estrella que sirve de guía para llegar al destino». La fiesta huele a café. Unos ruidos llaman nuestra atención.

«¡Ah, jijo!, ¿de dónde salieron?». Están enseguida de la gente, en su comida favorita. Sonido inaudible. Se ve salir de una olla a un fantasma. Desaparecen, para hacer travesuras. «¿Quiénes somos? ¿Por qué la carne nos vuelve a llamar? ¿Por qué sentimos que tenemos hambre y queremos bailar? Queremos una respuesta para la cual no haya preguntas en ningún lado. Queremos comer un pan con ese aroma que es el que más extrañamos».

Siento unas manos invisibles que me atrapan, me cargan, me llevan volando, me avientan y me dejan enfrente de una casa con la puerta abierta. Entro, motivado por el miedo reciente, cierro la puerta con mucho cuidado y en uno de sus cuartos guardo silencio. Apenas veo lo que hay: una mecedora en movimiento lento, oigo una voz que dice para sí: «¿Cuántas cucharadas de azúcar lleva el corazón?». No hay bruja que deje ir a los ingredientes de una receta mágica.

EL BIKINI DE PERSÉFONE

Amanece, el día ha platicado con la noche, las tinieblas sucumben para dar oportunidad a la luz de palpar a Hades. Cuerpos de piedra, de voces lejanas.

La sangre anda con ritmo diurno, las plantas cumplen con la función vivífica; los animales vuelven, los nocturnos regresan sigilosos a las guaridas; azul el cielo está, la Tierra se deja abrazar. Dormir, soñar, despertar, para después morir. El ruido tráfico en la ciudad es.

En otro tiempo hubo tranquilos pedazos de tierra. Las arpías ríen, quieren los ojos de Perséfone. El dragón sueña morfías nuevas de pesadilla nebulosa, la envidia escribe falsos poemas de amor. El polvo cósmico finge ser breve estrella de existencia segundal.

Negro universo: suelo de dioses. Bestias de aire fugaces evitan caer en el mito de siempre: el de la legión de narradores de naderías infinitas. El día se va; llega la noche, con ella, el sueño: Perséfone se quita el vestido, libera buen amor en un beso exorcista con otro fantasma de los que pasan por ahí.

ELLA BELLA

I

Ahí está Ella Bella, intenta escribir algo. ¿Cómo empezar?, ¿qué decir?, ¿cómo expresar el amor en palabras? No lo sabe. Toma la hoja en blanco y la tira. El bote de basura ya está lleno de papeles con el destino embrujado por una Diosa que no quiere que exprese su amor.

II

Ésa es la cuestión: la dificultad en expresar el amor. Siente que dentro de ella una fuerza monstruosa causa el movimiento en su ser. No es un movimiento cualquiera, sino armónico y disarmónico a la vez. ¿Qué sucede?, ¿por qué le da tanto miedo expresarse? No lo sabemos y no podemos hacer ninguna conjetura.

III

Tal vez lo que evita expresar el amor es el lenguaje, porque es como una cárcel que encierra al alma. Cuando está frente a él lo mira a los ojos, y los ojos parecen libres.

IV

Cae el día y calla la noche, están juntos en la cama oscura, pero blanca por la luz de la Luna. No acostumbran a hablar. Las manos acuden al llamado de los cuerpos. Los pies adquieren la inmovilidad extática que causa el contacto. Ella quiere decir algo pero él se lo impide con un beso, se deja arrastrar por el mar del momento presente. Nuevamente ella intenta decir algo, pero él dice: «No son necesarias las palabras».

V

«Voy en camino y me encuentro contigo, lloras en nuestra casa. Me detengo, te veo. Intento recoger una lágrima, no puedo, y reconozco con sufrimiento la lejanía de mi regreso».

VI

«Más allá de las nubes hay un destino descubierto por tus besos. Más allá de las nubes existe la magia para que encuentres mi rostro que ha quedado en otro tiempo».

VII

«Desnuda, transparente, aparezco en tus deseos. La enemistad con la Diosa ocasionó la separación de nuestras vidas. Seguimos juntos porque la soberbia de nuestros labios es más fuerte que el maldito orgullo de la Diosa».

VIII

«Transformada en aire vivo. Me cuida tu memoria, custodia las sombras de mis palabras de mi vida pasada. La malicia de la Diosa condujo tu imagen a otra región donde me estaba prohibido llegar».

IX

«Era ella la que había aparecido en tu sueño en forma de una mujer perfecta que tomaba un baño y en cuyos labios se percibía la música. Era ella la misma que en otro momento te perseguía furiosa y tú sentías que algo malo e inevitable iba a ocurrir. Era ella la que hizo que el veneno fuera efectivo y me alcanzara como flecha que mata al venado. Fue ella la que no me permitió salir y te hizo ver un campo azul, haciéndote creer que fue por otra razón».

X

«Aparecí frente a ti la noche en que un hombre lobo me invocó en una fogata. Me viste en forma de humo, pero tan pronto mi voz iba a ti, apareció la lluvia».

IÉSUS MÁXIMUS

«Recuerdo cuando tomó mi mano, dibujó un corazón sobre un papel. "Evitar quemarse en el fuego del Infierno", era el principio de su sabiduría». Buscando dónde colocar el beso, decidió dejarlo en el cuerpo del espectro de pelo de azafrán. «Soplaba en mi mano. Las cosquillas ayudaban a dar realce al corazón: sangre negra proveniente de mis males y arrugas embarradas de nieve».

Con el beso respiró de nuevo. Este movimiento muscular, que para los demás es natural, había causado una rara sensación en el espectro de pelo de azafrán. Primero se asustó, pensó que un pequeño caballo desbocado quería romperle el pecho; dijo en voz alta: «Esto es una locura, nada me espanta». A medida que expresaba cada sonido, surgía otra propuesta: «Ya sé, es un delfín verde con rayas de tigre, trae un tridente con el cual desgarra y trepana la poca agua original enmohecida, atorada, en lo que muchos místicos llaman alma». La segunda sensación que tuvo fue la clarividencia y la claridad acústica; escuchó los secretos de unas moscas, vio la pelusa escondida en un garabato; lo que más le agradó fue percibir el sonido de una estrella en su esencia celestial. Incorporado, descansó su nueva vida en un árbol. El árbol lo saludó de mano.

Había adquirido los morfemas en este saludo verde; deseaba formar las palabras de aire, buscar a la que lo había despertado. El corazón dibujado sobre el papel tenía una rara inscripción. Aún con el conocimiento de los morfemas, le era imposible descifrarlo; fue con Iésus Máximus.

A Iésus Máximus lo habían condecorado hacía poco por haber exorcizado a unas momias antiguas. Particularmente en una, de ojos de uva, supo lo que era encontrarse con una arenera.

Él era un libro andante y sólo hablaba a través de las historias que recordaba de sus exorcismos, como la de aquel elefante que había apostado su trompa a que su elefanta tenía la cola más grande, olorosa y bonita.

«Le puso una peluca de bucles rubios y la presentó ante el Gran Consejo Elefantino. Uno por uno, del más viejo al más joven, pasaron para oler la gran cola de la elefanta. El primero era un anciano con piel de pasa gris. Se colocó detrás de ella y aspiró con mucha profundidad. Tosió y con voz ronca dijo estas venerables palabras: "Esta cola sí que huele bien". Al decir la última palabra dio varias vueltas y cayó calladamente frenético. Todos los elefantes gruñeron un búu de aprobación. El segundo elefante era más joven, tenía trescientos años. Llevó a cabo el mismo solemne ritual. De su trompa expresó la carcajada de una loca. Lo que nadie vio es que la risa loca lo había degollado. Todos los elefantes respondieron igual: con una risa chillante y colorada. El tercer elefante la olió con profundidad; pero no se sabe cómo, bebió el agua de su calzón y ahí se quedó. De nombre Mánes Vérra, se convertiría, gracias a la magia de ella, en un elefante pequeño y azul, con pañal blanco y cachetes rosas adoptado por una pareja de gitanos turcos».

El espectro de pelo de azafrán encontró a Iésus Máximus meditando. Le mostró el dibujo en el papel.

«Definitivamente es un buen corazón: tiene la línea precisa, los contornos necesarios, desde cualquier ángulo se aprecian las sombras con sus característicos colores. No hay lápiz humano expresando la animalidad que aquí vemos: pasión direccionada, nunca estática, sin poder jamás disimular como suelen hacerlo los que llevan el corazón puesto. Habla... ¿Qué escucho? Una furia inmensa es capaz de llover centrífugamente si su mirada es cuestionada. Pregunta, corrige las páginas de los morfemas escritos: ¡ha encontrado la adquisición morfemática! Crea, juega en su gran universo a ser caminante, visita a los chamanes cuando tiene sueño. Da sombra y brisa, al viento siempre le gusta posarse allí. Nos encontramos en una frontera donde no existen límites. Hay olor a café, a humo de cigarro, las toses de los teatros vacíos ya no funcionan. Abres la puerta, la pantera se acerca sigilosamente a ti. Abre la boca, te devora con un beso. Con eso te ha aventado a lo más bajo de tu pensamiento, de tus principios idiomáticos. ¿Sirve para algo analizar la lengua, su gramática, luego no poder hablar? No importa, siempre cambia la perspectiva del aire. Si estás en un túnel no te mareas, y puedes aspirar el sonido del tren, moler las vías, aspirarlas. ¿Qué me dices de la retórica? Sirve para nada: construcciones verbales con fines pasionales, carentes de verdadera pasión. Ve a tu maestro: elocuente como sapo, pintándose las uñas como rana; además, las afila para desgarrarte el corazón dibujado. "No rasgo papel, no rasgo papel, sólo pulpa de las frondosas señoritas de cartón". Todo mundo es igual hasta que no demuestre lo contrario, y aún así, sigue siendo igual. Me propusiste que me operara el cerebro, pero no quiero porque no tengo. "¿Por qué no te lo operas tú?». Tal vez mejore tu color de piel, tu salud, que siempre está encharcada. Me voy a operar la lengua, para hablar más y ser disidente. Así convenceré a los medios masivos de mi inocencia: fingiré demencia, llegaré a tu corazón dibujado en un papel».

Seguía contando. «En una reunión de insolentes, la futura gallina de los huevos ajenos propuso traer una escopeta para liquidar con sus tiros matemáticos a las palomas que se posaban en el domo del reino que no respetaba a los árboles. La gallina de los huevos ajenos tomó la palabra y le dijo al rey: "Te voy a traer el arma y tú las matas". "Sí. Tráela". También habían aprobado la eliminación de todos los árboles y se ufanaban: "¡No queremos raíces que nos den sombra verde, sólo cemento para que quepan mis carros y mis trocas!". Los gnomos de este falso rey trabajaron con mucha fuerza para quitar los árboles. Muchos niños eran hijos de los árboles. Ella Bella había estado aquí; el árbol más viejo se enamoró románticamente de ella. Melodías cubrían los ojos de ella; él seguía componiendo con su antigua madera; escribía cristales, diamantes que ella derretía con su vaho de bruja. Siempre confié en las brujas; causan la depresión de Plutón: las pócimas meteoritas siempre golpean con razón y asertividad; siempre dejan huellas, cráteres, con secuelas radioactivas; escriben una canción, se la ponen en el sobaco, la mandan al Infierno; sus feromonas de dinosaurio siempre tienen éxito; así lo han expresado las plantas y flores que he entrevistado para el documental. Las flores aparentan ser delicadas, representan el mal; son poderosas almas de alquitrán».

Iésus Máximus ya no sabía qué pensar. Se borró la boca para no hablar lo que estaba pensando; era imposible no ver lo que pensaba: fórmulas matemáticas originadoras de la blasfemia y del pudor; quesadillas sincronizadas después de un aquelarre. El espectro de pelo de azafrán lo miraba fijo, había quedado hipnotizado; notó la danza de las ideas uranianas en la cabeza aureolada de Iésus Máximus. Danzaba la letra griega phi, con fuego en la línea horizontal superior, imitando besos de un pretérito que siempre estaba presente. No entendía la dicotomía de los significantes; los significados siempre parecían invisibles.

Una vez vio a unas ratas que se comían el cadáver de un vampiro; nunca entendió el hecho. Mucho menos cuando a las ratas les crecieron colmillos, una pequeña capa negra, ojeras muy oscuras, la piel se les puso pálida, translúcida. Oían toda la noche a Joy Division.

La historia del beso había conmocionado la sensibilidad de Iésus Máximus. La encontró escrita en lengua titánica. «Oscuro como una sombra, el guardián con su lanza y escudo custodiaba el sueño, eterno, de la Bella Durmiente. Siempre detrás de la puerta, viéndola respirar, viéndola producir vaho. Se enamoró de sus movimientos torácicos; prometió amarla dormida; tenía la esperanza del nunca despertar. Hábil como una sombra que era, la protegía del sol, del frío. La fatalidad lo seguía. Bebedor como era de los mejores líquidos artificiales, hizo una fiesta personal, pensó que la mujer era pantera. En ella se congregan todas las bestias, todas las fieras, todos los animales, todos los hombres. Pan es todo, tera es animal. ¿Santa Teresa tendrá que ver con esto? Seguramente: su pan le apetece a los insectos; ella lo retiene en su lugar: "Esto es mío, déjalo en su sitio". Sitio, sitis, ¿tienes sed? Tenía mucha, no dejaba de beber los barriles recién conquistados. Un paso llevó a otro, como una cosa lleva a la otra, ¡stratópedon!, ¡la caja de cristal quebró! Despertó como si fuera la dueña y señora de un amor superlativo absoluto, acompañada de seguidores del amor relativo. Él titubeó, desconfió del momento que vivía: "Esto es irreal porque la Bella Durmiente siempre está dormida, ésa es su esencia"; no puede estar despierta; sueña la vida de Dios, su belleza no la deja en paz. Su belleza es una pesadilla: la persigue, también a los demás, es su causa de muerte. Ella les pone cadenas, coronas de espinas, es el laboratorio psicológico donde se encuentran los egos, se hacen la guerra hasta matarse. Únicamente usan los dientes y las manos; beben la sangre; si ella se los pidiera, darían una parte de su cuerpo, o su cuerpo, por tocarla, para que los mirara. "Aquí estoy", dicen mientras levantan la mano. Vio al guardia: "Bésame". La besó, juntos se quedaron dormidos».

El espectro de pelo de azafrán quería saber más. Como Iésus Máximus se había borrado la boca, con unas acuarelas se dibujó una boca de tiburón y habló en lenguaje ignoto. De su computadora personal sacó el traductor especial (La Reliquia Tecnológica).

«¿Para qué sirve una lengua si no puedes comunicar la voz del corazón? No te empeñes en saber qué sentido tiene el corazón dibujado sobre el papel. Nadie sabe lo que significa. Una buena idea es que le pongas música, con la música se originó el universo. Leí hace mucho tiempo que un compositor encontró la palabra Deus, investigó el significado. Su investigación lo llevó a Zeus, de aquí al principio fundamental de la morfología, de aquí al principio del aire en los labios, de aquí al origen de una idea. Hubo un momento que se encontró en el vacío: sin nada qué decir, sin nada qué pensar, sin sentir, sin emitir la conjugación verbal completa. Los pronombres le preguntaron si alguna vez pensó en el tú, y en el ella, obviamente en el yo. Concluyó que antes de que hubiera palabra hubo y hay música. El sonido lo envuelve todo. Todo es sonido. Detente, escucha. Cuando la sangre lleva la brujería de su corazón descubrirás una miríada de miradas silenciosas, si te detienes subatómicamente las percibirás. Sólo música después de la muerte hay. ¿Qué me falta por ver? Un universo en un verso al revés. Un verso que camine con la música original. Los poetas no son sensibles a ella. Es extraño, no escuchan su ritmo eterno moviente como serpiente. Se acostumbran al ruido cotidiano, al que todo mundo llama música. ¿Lo es? No. Es una hagiografía de sí mismos. Buscan la satisfacción personal, la emisión de su pensamiento como verdad universal».

—¿Sólo con historias puedes hablar?

—Sí. Es mi recompensa por haber salvado tantas almas, ¿o mi castigo? No lo sé...

«Un catedrático se disponía a comer una naranja. La naranja parecía la piel de una marinera enmarinada de color amarillo grumoso, de esas pieles, que si las tocas, te da comezón en los dedos. La clase, harta de sabiduría, mezclaba sus sueños con el ruido circundante del corazón delator. El catedrático peló la naranja, el aroma ocasionó una visión colectiva en la que se miraban maestras desnudas de kung-fu. Sólo una de las asistentes logró que su nariz obedeciera al dulce aroma de la naranja. Su nariz creció tanto que ya no pudo más. El catedrático se dio cuenta, le ofreció una naranja extra que traía, extendió la mano. Ella intentó pararse; dudó, tambaleó, se mareó, dio un paso, luego otro, tomó aire, mucho aire, fue ahí cuando los cuadernos de los que van a la escuela volaron. Al caer frente a la naranja, vio al catedrático que la sostenía. Ella, lo miraba desde abajo, él, como es natural en esta especie, desde arriba. Extendió aún más la mano, luego la retrajo, así que ella estaba más cerca de él: "¡Ah! Esta nariz rueda como naranja. Te ha pasado la maldición de la naranja. Es la peor de las maldiciones frutales, no sabes qué puede hacer con tus órganos: los paraliza, los estira, los congela, los agranda, los vuelve invisibles, vegetales. Esto es muy peligroso: el encuentro de una fruta con un vegetal. Los vegetales habían librado una batalla con las frutas, éstas son seductoras, tramposas, saben bailar, hacer regalos, donaciones elocuentes"».

Iésus Máximus continuaba, con la mirada fija en los ojos curiosos del espectro de pelo de azafrán, su semblante era como el de aquél que es llamado por alguien querido desde los recuerdos.

«Este mundo no da cabida a fantasías, ya tiene las suyas. Fueron diseñadas para gobernar a los demás; tienen un efecto dopante, muchos son los que trabajan por ellas, por ejemplo, Dante, que dijo que el amor existe. Se encontraba en el bosque de Apsara; era perseguido por la Diosa. Ella estaba de cacería, lo seguía con arco y flechas; a él le habían salido cuernos de un bura veloz. Le habían preguntado: "¿El amor existe?". Respondió: "El amor sí existe, lo siento cómo me quema, arde, sin dejar de gritar, en el infinito de mi alma". El poeta dice que el amor es tímido, pasa, no lo ves; lo sientes, se va cuando sabes lo que es. Apsara te persigue. Ella conoce su bosque, tú no. Será mejor que te confundas con los árboles porque, cuando te encuentre, te destrozará el corazón dibujado sobre el papel. Apsara pundarica violenta es. El poeta canta que la vida es llamada por el infinito; ella avanza sin dejar rastro; aunque el mármol guarde el secreto de los amantes, destrozados por la imposibilidad de verse en plenitud: vista panorámica de la belleza ajena. Nariz a nariz pegada, ojos enclaustrados en la cara de Ella Bella. Han creado un sarcófago mutuo con vendas de momias; leve, como beso crepuscular, como beso de medianoche. Apsara lo devora sin condimentos, sin sal, con mucha saliva, hambrienta fetichista del *body painting*, acompañada por todos los animales de la Luna».

FINIS

¡Por siempre vivirás
atrapado entre las letras;
no podrás escapar
a menos que
un búho toque la trompeta!